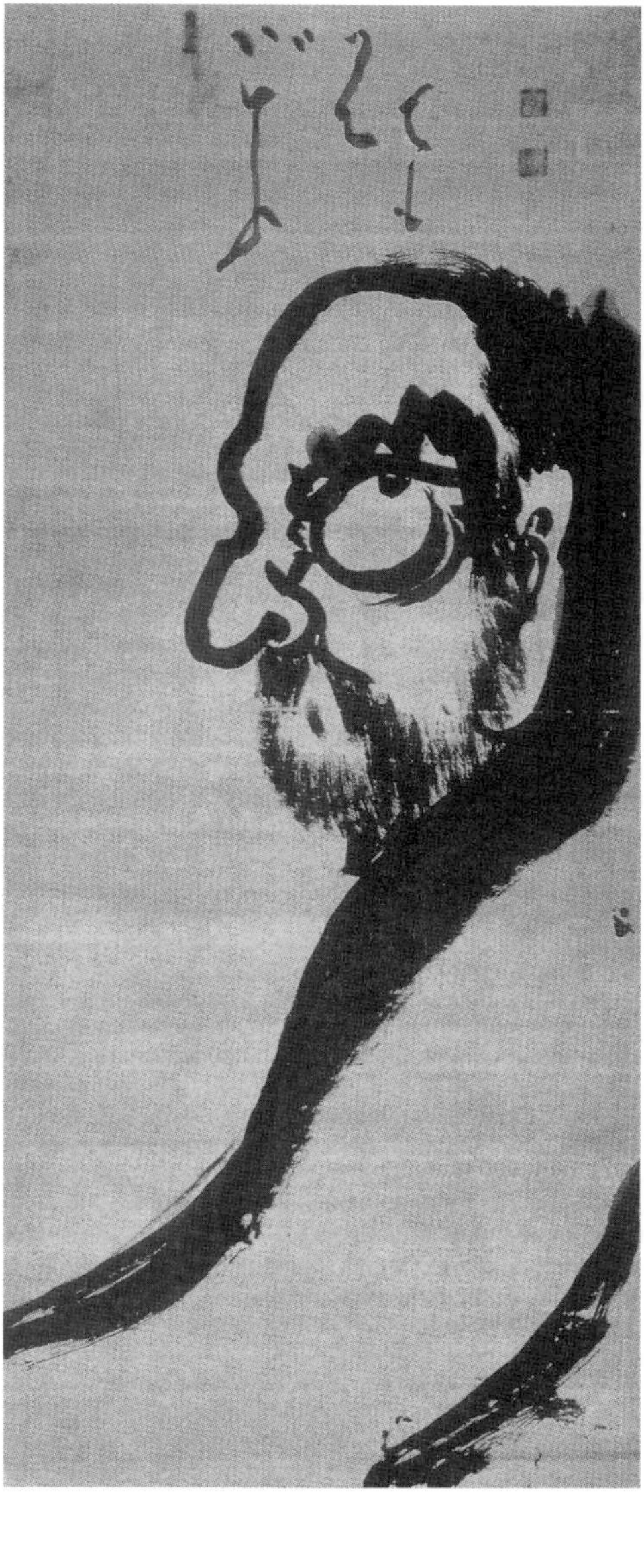

どんぐり

Donguri

Shiyō Ohshima

大島史洋歌集

現代短歌社

どんぐり＊目次

Ⅲ

Ⅳ

装丁　間村俊一

どんぐり

I

二〇一四年

春近き日に

昔より寂しきときはありしかどいかに過ぎしか羨しきその日

存在は思うのみにて足りるものかく濃密に吾のあるとき

真剣に考えること少なくてやがて忘れむ傷つかぬため

小高賢の死顔は見ず葬儀場のどこにも居らざりしよ小高は

夕空に飛行機雲のほどけゆく春近き日や吾は悲しえ

亡き友とかわす会話のつまらなさおのれの思うままにはこべば

晩年は呆れんばかりにふくれたる自尊心と言われずにすむ

鴉

朝刊を配らむと来るオートバイ彼の仕事は吾の脅威ぞ

ブラインドあけて見おろす路上には雨の湿りの明るみていつ

八重桜ながくかかりて散りゆくを年々に見て思い出もなし

生き物のごとく高さの変わりしと長谷川利行の絵「タンク街道」

産院に孫を見にきてこのたびはペルー産ふくろう一つを買いぬ

若くして子癇に死にし空穂の妻その貞淑な物言いあわれ

幸せな吾にてあるか子と孫と七人を得て子癇を知らず

乱れ散る楠の枯れ葉の下を来て波ひくごとく風はさらいぬ

夕早く灯りを点けし屋台より煙は吹きて焼くものは見ゆ

晩酌はしませんなどと言ったけど夕べに飲みて深夜にも飲む

気にかかる何もなしとぞ思いたる幾たびの夜ぞ打ちのめされぬ

目黒川の桜のときを海喜館に林大先生と集いし思い出

『言泉』の校閲のため目黒川を渡りて通いき林事務所へ

悔しさは先生の葬儀を遠く見て帰りし日いま甦るなり

この人のすでに亡ければ相対のこの世の仕組みの埒外にあり

新しき眼鏡に町を歩むとき手を振っている並木の葉っぱ

このあたり立ち飲み酒屋のありしところ飯田橋升本ビルの前に来つ

ステージ別生存率なる表はあり　俺のステージはもう終わったか

元気でね達者でねはよいとして最近は死なないでねとくる

便利なるものと思えどいささかの拘りはあり駅前斎場

椋鳥がわが前を行き折々は体を伏せて振り向きなどする

校庭の掃除をしている小学生箒の先もて鴉を追えり

いつ見しか同じところに落ちているボールペンなり跨いで通る

子雀は藪の近くで鳴くなれば歩みをとめてしばし見ていつ

俗念に濁りはじめる年齢は四十代半ばくらいにてありしか

生きていれば百十歳という声のいとも自然に聞こゆる夕べ

死を前に死にたくないと言いし人中城ふみ子に土屋文明

墓地を来てわが屈むとき背後より二羽の鴉が襲いかかりぬ

このあたり彼らの領地か墓地をゆく吾をめぐりて離れぬ鴉

墓石の上の鴉と対峙して一羽は木立の上に移りぬ

川戸にて摘みて給いし水芥子手に撫でており夜の卓の上

どんぐり

さまざまに人の心の綾は見ゆその重箱の隅の楽しさ

死後ならず生きてるうちから無視されて　そうは思わぬ人の強さよ

滑り台を笑いころげて降りきたるランドセルの子たちまちに去る

木の下にままごとをする子どもらの長幼の序は見ていて楽し

旅にある吾ならねどもしばらくを木蓮の咲く駅を楽しむ

それぞれに家を構えて人は住む良きかな春の夕暮れの路地

たのまれし大葉一束手にさげて夕陽に向かい帰りくるなり

娘への誕生祝いテーブルにあれど吾にには関わりのなし

厨なる妻と心はかよわねど酒の肴はすぐに出てくる

この日ごろ腰の痛みの気になれば酒を飲みつつ楽しくもなし

治すべし中途半端はいけないと母親のごとき声に言われつ

平穏に夜のふけゆけば思うなり玉の如きと言えることばを

最後には歌が残ると言いたれどおのれの歌にあらぬさびしさ

欲望のかたちさまざま死ぬまでを苦しむならむ凡人なれば

新宿駅構内店の人混みにコーヒーを飲み手帳をひらく

胸ぐらをつかみ揉み合う少年を見ていて恐怖の湧くは何ゆえ

いくばくも変わらぬ土地に生れたれど雪の深さは遂に知るなし

鳩の脚に輪を付けし日よみずからの指に輪を付けることはなかりし

兄からの電話は父の骨折を告げつつ怒りの噴き出るごとし

戯歌一首

百歳を越えて元気になりし父　竹馬に乗り吾を迎えつ

夏近し飛行機雲の縦横に空をめぐりてゆるびつつあり

いつよりか納戸の壁に張られあり土佐佐賀港の鰹のポスター

濠の水濁り深きを見てあれば黒き頭を水鳥が出す

廃屋と思いていしに灯り見ゆ動悸を打ちてわが見上げたる

アル中は死語かこの世の裡深く牙をそがれて死につつあらむ

どんぐりの大小さまざま玄関に散らばりてあり夜半を帰れば

腰痛の記事の切り抜き貰いたり夜半に見ている病院一覧

なめくじを見ること稀になりたればなめくじ住めぬ世に生きるかも

Ⅱ

二〇一五年

柩に本を

田井安曇死にしか吾の若き日は壮年の男ばかり元気で

異様なる田井の写真を思い出す怨念のすべてがこもって

岡井と田井の確執は分かるようで分からぬ暢気な若き日のこと

神田川沿いに会社のありしころ田井さんが不意に訪れしことあり

岡井より先に死なぬと言いたる日校長は悪と父を言いし日

田井安曇吉田漱は若き日の吾の詭弁をいかに見ていし

斎場の注意事項に知りしこと柩に本を入れてはならず

田井安曇の葬儀は私語の多かりし司祭が声を張り上げたりして

ひとりずつ死者とし棺を蓋いたり吾は安らぐそのなかに居て

伐られたる銀杏の小枝生垣の上に束ねて春近きかな

春の公園

雨の日の散歩は楽し大声に梅が咲いてるなどと叫んで

雨なれば人を見るなき公園にポプラの幹は高くそびえて

刈られたるかたちのままに咲き出でて赤き椿の三三五五

雲の峰明るくなりて南無遍照金剛ここに天降りたまえな

市川は所帯を初めて持ちし街　玄関は即台所なりし

ブランコより放り飛ばして遠く近く靴は落ちたり春の公園

ポスト

日本を出てアジアに活路を開きし人カメラに向かい日本を恋えり

理由なき怯えは吾に迫るなり書かねばならぬ必然なども

楽団を裏より見れば譜面台の白き四角が放射状に並ぶ

小心を包む魁偉と評したる吾を見つめき近藤芳美

時は過ぎ捨てねばならぬ地図などにマークしてあり茂吉歌碑の所

ポストまで姿勢を正し歩みゆく青空と楓とその下のポスト

廃屋となりし官舎の素通しの窓に向こう側の二階家が見ゆ

保育所は昼寝の時間どの部屋も電気を消してうごめくもの見ゆ

幾万のマリアがこの世を経しならむテレジアの耳カレーニナの髪

年齢を背中に負わぬ時代かな人のことを言うにあらねど

踊る人形

年老いてつくづくと見るかたわらの膂力すぐれて大きなる人

生きている憎悪は強くひびくゆえ活字はよけれ休むに似たり

吾が部屋の椅子の下には大きなるくぼみのありて人には見せず

吾が部屋の床のくぼみに目を落としじっと見ていし或る日の息子

ぎりぎりと椅子をいじめて過ごしたる若き日と言わむ今から見れば

いじめしは床のみならず生き方の全力をかけ吾は乗り越えし

オリーブを食べて幾年経しならむ若き日はオリーブを知らざりし

五十年近き獄中生活の死刑囚にして八十九歳の死

活けられてかくのびやかに花はあり宙よりそそぐものを教えよ

若き日に島田修二の物言いをこれは嘘だと何故思いしか

田谷鋭を褒め島田修二をけなしたる　けだし何も知らざりしかど

折々にわが軽薄を嫌いたる、母、そして父、同じ墓の中

入退院繰り返したる父の八十代　それより二十年を生きしか

車輪梅と海桐花の違いを見つつゆく谷津干潟風強き夕暮れ

青鷺の長く動かぬ立ち姿双眼鏡に見つつ妖しも

池の辺の山吹のはな水の輪のひろがるなかに身を差し伸べぬ

目に見えぬものは変わらぬ　目に見えるものは変わる　詭弁だ

丸き影落として木々は続きおり垣根にならぬ広場の木たち

たちまちに山なす見ればスーパーの買い物かごにも緩急のあり

二歳の幼子頑として聞かず地に腹ばいぬ　それを見ている

いくたびか吾の無能を知らしめて妻は病みたりこたびは二日

夜は更けて娘のあとのびしょぬれの洗面台はいかにかもせむ

録画せしラジオ体操真夜なれど楽は流れてひとりするなり

パソコンの記述に誤字の多きこと折々気づき読みとばしゆく

人間が壊れるとは比喩ならず肉体ならず目に見えぬなり

踊る人形夜半の人形若き日のままの人形　老いぬ人形

雨なれば

わたくしの死の思い出は加藤唐九郎朝のコーヒーそのままの死

悪漢唐九郎苦しまずぽっくり死にたると或る日の杉浦明平の不満

江戸川を見るたび思う江戸川の土手を海まで歩きし久穂

久穂とは今西久穂　知る人の少なくなりて吾うたうなり

江戸川の水青黒く流るるを数駅過ぎて思い出しけり

重くれを嫌うならねど重くれは身に添わぬなり七十過ぎて

金剛神われを見おろす机にて選歌を始む今宵の一束

どのように書いても裏の魂胆が見える、というところまで来た

今さらに歌は訴《うった》うなりと読みあと幾年を生き得る吾か

ひとところあおまつむしの鳴きていし木立を過ぎて静かなる夜

十月に入りたる深夜六通のメールが入りてみなコマーシャルなり

雨なれば家にこもりて一日あり用のなき身はありがたきかな

蕪村を読み漱石を読み安らかにあれよこの世のしばしの時間

雨樋をなおさずあれば滝のごとく落ちくる水を見上げるばかり

穴埋めの稿を一本書き終えてファクスにむかうひとときの良し

雨の音しずかになりて読みすすむ蕪村の俳句なまめく如し

夜半に見る楽天市場の菩薩面かにかく木曾の男は生きて

夜半亭蕪村がぬっと顔を出す　のっぺらぼうの顔なれど出る

歯をせせるその凡庸な顔つきは人に見せるな似非蕪村君

仕舞湯の娘がごりごり音たてて壁を洗えば楽しきろかも

ようやくに雨はやみしか静かなる夜半にひとりの時は充ちくる

Ⅲ

二〇一六年

梅林の空

小吉の扇子御籤に願い事叶わずとあり机に飾る

人はついに分からぬからに卓上の眼鏡の玉を見つめていたる

冬の日の斜めに差せば吾が座せる卓の反射の目に痛きかな

鳥の糞あまた散らばる道を来て今年の冬はいささか変なり

アラスカ産身欠き鰊のしわしわが口を大きく開けて並ぶよ

ナマハゲのお面は笊から出来ている大きな笊が角を生やして

頑張ってもらわねばと叩きたり鰰漁の船の柱を

もうすこしかしこかったとおもうけどしかたがないねここまではきた

冷静に考えるべしと寝ね際に戒めて朝を迎えたりしが

若者の歌を評せし四時間に上着を脱いで着て二度三度

つちかいし勝負の心　かそかなる甘えをしかととらえて言いぬ

なにゆえに来ざりし人か会終えて心ゆらぎのおろそかならず

わが知らぬ古事記の地名羨しめり囲まれて暮らすうたびとあれば

色鳥は秋の季語とぞ実体のなきことはなはだし吾には

松平不昧の暮らし読むほどに不快となるも致し方なし

筆まめの茂吉の手紙読みすすむ晩年の厳しさは山形の弟子へ

七十を過ぎて思うに十代の頃の選びは謎多きかな

父死にて遠くなりたるふるさとを所在なきときグーグルで見る

いましめてゆかねばならぬひとつにてちからつくさずうぬぼれること

梅林に遊ぶ施設の人たちに介護士の声ひびきわたりぬ

梅林にひびく「はいチーズ！」なる声身に沁みて空は青しも

改装を待つ無縁墓その前に立ちて食うなり握り飯ひとつ

喜びのとき

若き日は美化されやすしいつからか老人ばかりのめぐりとなりぬ

この世には心安まらぬこと多し小さな小さな生にありても

寝ねられぬ夜半に目をあきひとりごつ草木も眠る丑三つ時

念々に女を思うとうたいたる茂吉は今の吾より若き

湯上がりの茂吉よ驚くことなかれ後期高齢者の猥雑

静かなる夜更けにひとり書きはじむマンネリという安らぎに居て

薄雲の青空は晴れと言いたりし気象予報士を思い出す朝

山鳩のおちこちに鳴く道を来て安らかならぬ心のあわれ

しみじみと今日まで生きし喜びを言えどまったく深さが足らぬ

仏頭の見おろす顔のさまざまにこの世にすがるおのれと思え

黒霧島福岡の空港で飲み機中で飲み帰り来てまた飲む

なるようになれそんな心境でした、とは勝ったから言える言葉だ

漠然としたる不安の襲いかかる晩年をしも待たむと言わめ

放たれて落葉のなかをゆく犬の片足あげる喜びのとき

傷口を赤く塗られて続きいる桜の並木春はもうすぐ

老夫婦クロスワードパズルに興ずるをやあ久しぶりと寄りゆく

若き日はなどと言いつつ思い出す準急東海何号のもみくちゃ

一票の差

一票の差に免れし絞首刑わがふるさとの大島浩

日独伊三国同盟かの時の最善として突き進みしか

ヒトラーを天才としてあがめたる大島浩釈放後の人生

茅ヶ崎に隠棲してのち一切の公的な場より姿を消しぬ

処刑されし広田弘毅に申し訳なしと言いたりき大島浩は

釈放後二十年生きて残したる晩年のことばまこと少なし

大島のドイツびいきは終生のものと言われき昭和五十年の死

リラの花の下

矢作川に手を合わすなりこの川の源近く父は生まれき

白子駅駅前広場に立ちたればいささかの感傷なきにしもあらず

父とわれ炬燵に碁をうちその奥に母は寝ているいつの日の写真か

父も母も腰の痛みは言わざりき畳の暮らし長く続けて

俺はそんな無茶を言ったんではないがなあ、と、父の遺影の前

中年のわれ七十二になりたるよおまえ軽すぎると父は言いしよ

絵のような写真は残る若き母父にもたれてリラの花の下

激しかりし父の気性を告げし母その無念さは今にしてわかる

編み物の内職夜ごと続けつつ怒りに耐えいし母とぞ思え

母亡きのちひとりで生きし父なれど晩年の自由は無かりし如し

憲吉の早き死ののちわが会いき「磯の光」の妻の晩年

人にして鳥にありせば海原やかもめのむれにまじりてあらな　正岡子規

思うなり明治の子規が今生きて闇の社会を牛耳るところ

全身に血がざわざわっとあがってきて目が三角になった　父が居た

帰り来し夜の嬉しさに蘇る旅の日々にてわが言いしこと

抽象ならず

木蓮の蕾大きくなりたるを気づかぬままに在りし日のこと

やけくその自分を感じ眺めているそれでいいと思うようになった

真上より陽はふりそそぎ鳩を見る五十年前鳩少年たりしわれ

雌に迫る雄のおこない健気にて声ふりしぼり追いかけてゆく

江戸の世の貧しき武士のなりわいは今に残れり館林の躑躅

いよいよにコップ酒とはなりにけり千葉歌会の面々まだまだ若し

われの居ぬ歌会であれば活発な議論ありしと聞かされている

酔いたればそれは許せぬ認めぬと話なかばに目を覆いたれ

小池くんほど面白くは書けませんそうことわっている夢を見た

鬚なき時代に墨を塗りたると　頰に流れしと　北原武夫

レターパックのはがして溜めし幾枚を見ていて何かむなしき如し

エゾリスを襲うカラスのさまなども居ながらにしてテレビは見する

エゾリスの巣穴を覗くアカゲラの興味津々のさまおもしろし

このような恣意的な選択は許されぬ　とぞ言いて　目はさめぬ

だんだんと変になりゆく自分なりそれを知りつつ少し楽しむ

青き空　わたしの上にひるがえる旗には「壊せ神殿を」とありぬ

パソコンにゆだねて終わるおおかたの処理すべきことすぐに忘れて

酔いながら明日の仕事を考える楽しき如し苦行のごとし

口中にオリーブの実を嘗めている愉楽のときをたしなめられつ

テロの死を日々に読みつつ父の死後一年母の死後八年

アパートを借りて娘の出でゆけば遂に妻とのふたりの暮らし

子らの居ぬ日々となりたり背の伸びし心地と言えば妻の笑いつ

柔らかき皮のふくろういただきてくりくりの目と夜半に対話す

鋳物なる片目膨らむふくろうを眺めるときに吾が目膨らむ

率直に言ってくれしと喜びを幾たびも聞き嫌われてきぬ

新しき世界に入りて生きるとは抽象ならずのちに思えば

木蓮の花

吾は見ず娘が答えしパソコンの国勢調査の封筒があり

晩年は際限もなく飲むとありそれを見つめて夜半のひととき

なつかしき友の思い出イットなる言葉を知りし頃にやあらむ

まっすぐに女に向かう性器などまぼろしのころ青春だった

猿の木彫り手に撫でており後ろ背のどこか寂しい伊勢のお土産

つつましく生きよ　見抜かれる恐れは少年の日からではないか

思えらく夢に挫折はつきものと言いたる人の唯我独尊

老人がこの世の害になることを繰り返し聞き老いてきたりし

雪深き白川郷の版画なり屋根のふくらみ匂うがごとし

はきだめに鶴　はきちがえるなはきだめはおまえの心のなかにある

あくまでもおのれに執するこだわりは業の如しよ何が残らむ

突然にむすめあらわれもうあぶないと言いて去りたる昨夜《きぞ》の夢

パールピアス黒き光は卓上に悩みの胤のごとく見ゆるも

犬の糞見ること多くなりゆくにひとつ世代の過ぎつつあらむ

のびやかに枝をひろげて空間を荘厳したり木蓮の花

晩年の試練に負けしたれかれを知るべくなりて耐えてゆくべし

あたたかき日差しや今日は海にゆかむホームに散れる木蓮の花

人間の言葉

吾と妻の年金振込通知書を夜半に見ている酒を飲みつつ

わが知らぬ自炊代行業なる仕事自炊に思わぬ意味は生じぬ

楽しくて会の終わりに撮りし写真いつの日の思い出と人は言うらむ

戦犯の横光利一に会いしことなけれどかの文面はありあり浮かぶ

人はみな苦しみ悩むそれならばいっそ天国へと夜の歌あり

自殺する動物は人間のみと動物学者の人間の言葉

わが会いし野辺の地蔵の曝れし顔その歳月を深く思えや

木蓮の白き群がり年々の来し方は見ゆありがたきかな

あたたかき日曜なれば苺狩りに行きしと娘一家の来たる

はなみずきビルの狭間に咲きつづき空の青さの目にしみるなり

木蓮の汚くなりて散りいるを酒買いに行く足もて踏めり

だらしなき食後のさまも老年のひとこまとして見る目のあれや

今日知りしグリーフケアという言葉わがのちの大辞泉にありき

必ずやうたえば人に届くはずそう思うのが信念となった

昨夜《きぞ》の歌ひとつもとれるものなきを読みにくき字にたどる哀れさ

亡き父の怒りの写真を見ていたり負けじと吾も見返したりき

少年の手を引き列車を見あげいる河川敷の親子なつかしきかな

講演を終えて帰りの車中にありこの安らぎの身に沁みわたる

栗の花車窓に見つつ来たりけりよくよく見るに不気味な花よ

ユーモア

しばらくをホームのベンチにありたれど誰ひとり来ず風わたるなり

中津川駅前にデパートのありしころ子をつれて屋上にあそびき

高架下の自動車教習所跡総武線快速に見るたび苦々し

自動車の免許試験に落ちしこと酒の肴にいくたび笑いし

腰痛に伏している間《かん》、たちまちに十首はできぬと言いにけらずや

人との付き合いくたびれて困るゆえスマホは楽と言いにけらずや

食器などけじめもあらぬ晩年を迎えつつあり　食後の眠り

喜びて君を見たりし思い出の五十年前とは年古りしかな

玄関の外に吊りたる風鈴の音を聞くなり真夜に目覚めて

戦乱の世を生きのびて葛井寺《ふじいでら》千手千眼観世音菩薩手は焚き木のごとし

周遅れのランナーを美《は》しとしてたゆまぬ努力を言われしかの日

なげくべき何もなしとぞ言いたれどその心根の人のさびしさ

カタカナで書けば少しはユーモアがふくらむ如し　人の歌なれど

佐太郎の歌に意味を求めるのはそれは、と言って目が覚めた

いくたびも舌にまさぐるゆるゆるとなりしばかりに歯は異物なり

みずからの老後を思う殊勝さは一本の歯のぐずぐずにある

網囲いしたる砂場に遊ぶ子を見るなく溜まる桜の落葉

Ⅳ

二〇一七年

赤き車

人はみな逝きぬと抱く感慨の平凡にして深き嘆きよ

風つよき夜半に身構え聞きているこの不穏なる落下物の音

若き日に会い得し幸を思えども稔ることなき思い出ばかり

梅の花咲く道を来て立ちどまるおもちゃのような赤き車に

マラソンの折り返し地点ランナーの虚しき心思うときあり

前向きの人たち元気に論ずるをテレビに見つつ夕闇となる

リビドーはきれいごとではすまぬゆえわが晩年を生きて知るべし

茂吉の顔

脊柱管狭窄症のかそかなる痺れや雨の梅林公園

尺八を吹く青年を見ていたり公園に彼と吾ふたりのみ

ふるさとをうたいて美化を感ずると友に言われき美化してゆかむ

対談の微妙なやりとりそれを読む　文字に残るはしんどいこととなり

脳天気音楽のシュトラウスと思うまで明るく楽しき曲よ

かろやかなワルツの背後にしのびよるいくさを知るや知らぬがごとし

仕舞湯の妻はごしごし音をたて壁を洗えり怒れるごとし

ゆるゆるの抜けそうな歯をもてあそび夜半の吾こそ楽しかりけれ

過去帳を繰るがごとくとうたいたる茂吉よ　兄弟みな若かりし

いただきし玄海漬を食すときに唐津の浜の茂吉なつかし

唐津の浜かつて捕鯨の基地にしてその軟骨の粕漬ぞこれ

空想は果てしもなけれ吾が前に茂吉の顔あり髭白き顔

夜半に見る名人戦の勝敗表かつてのごときおののきはなく

えんえんと新幹線の映像を放映する深夜　それを見るわれ

路面電車こころの中を走るとぞ施設の夜半に語るを聞けり

公園の焚き火の跡に何ならむまがまがしきものとぐろを巻けり

手に提げしパンの袋の薫るごと冷気に満ちて青空高し

洞の奥

一本の歯の抜けし洞つくづくと眺めて洞の奥覗き込む

かたわらの白布の下に父在りし思い出おぼろすべて過ぎたる

なつかしき退職記念の写真集いたくありがたく今宵見ていつ

若き日の笑顔の穏しさ見てあればその後の日々の思わるるかな

人形をたたいて怒るしぐさなど若き日はよし年老いては駄目

ねんてんの随筆をよむつまんないなあと浮かぶねんてんの顔

今宵の打楽器奏者は女性にてショスタコーヴィッチを全身で叩く

年老いて最後に無念を晴らすとぞ小説ならず犯罪にあらず

夜の更けの瞑想に突如入りて来しオートバイの音新鮮なりき

へたくそな登良夫と囲碁がうちたいなあそんな殊勝な夜中ではある

静かなる深夜の時を藤村が登りてゆけり馬籠の坂を

いちはつ

いわれなきわがおののきの年々に深くなりゆく　しかと見つめよ

平凡な言葉にあれど心ありあの世とこの世をつなぐ遺影とぞ

妹を亡くしし妻が或る朝を目覚めてしばし泣きていたりき

みずからに引き受けてゆく晩年の負をこそ吾は知ることなからむ

電源を切るなと長きパソコンのシグナルを見て夜はふけむとす

氷山の一角ということば水面下の悪を言いつつ救いもあらむ

さまざまに共謀罪の論あれど吾は好まずこの日本語を

百閒の随筆を読む　ふるさとの虫のこえごえよみがえるとき

花菖蒲今年は三度も見るを得て我が家のいちはつ知らず過ぎたり

緑の胡桃

豊田屋に猪肉を食い泣きたりし出羽ヶ嶽のこと茂吉は書けり

出羽ヶ嶽盆栽と釣りを趣味として一人を好む性格なりし

月山を中に右羽黒山左湯殿山かかる石碑の十余りいくつ

屁のような歌を作りて高台を降りて来たりぬわが家を見つつ

妻と来てラスコー展の暗がりに生けるが如き壁画を見つむ

はたからはわからぬことのひとつにて夫婦の仲はよろしきか否か

ピナテールの朱塗りの枕悲しけどなつかしきかな長崎の茂吉

何となく怖れ心の湧きくるは二日酔いならむいつものことぞ

抽象をきらう心は身の内を引きゆく潮に気づかざりしか

酔うほどに軒昂となるこの気持ち定年ののち知りたりしもの

スキップはいのち溢るるとうたいたる上田三四二よ　昭和は遠し

そういえば流行遅れのようだけど昔なつかしパンタロンの夏

始めあれば終わりがあるということば平凡にして身に沁みるなり

死者眠る畑のめぐりに胡桃の木初々しき緑の胡桃の実

写真には生きているなり若き日の君を写真に見て笑いたり

ふるさとにこもりしセザンヌいまに残る「頭のいかれた人間」という詩

今の世にもてあそぶごとく楽しめりゴッホの狂気ゴーギャンの傲慢

どんぐりの踏み砕かれて散らばるを蹴とばしてゆく夕べの歩み

祈り

キウイ棚切り払われて藤棚の復活したり若葉が少し

わがいだく不安は常に吾のみのものにてあれば世はこともなし

酔狂と昔の人は言いたりき吾に及べり酔の部分狂の部分

酒の席北も南も楽しけれ新日本風土記に闖入するわれ

歌により見えてしまえば致し方なけれどそれを恐れてぞ来し

変身と変になるとは違うなあ　忍び寄るもの睡魔のような

パソコンの中の写真を折々に眺めて人に会うことのなし

身勝手な人を気にせぬ生き方は若き日のもの沁みて思うも

ひとり部屋にラジオを聞きて過ごす妻　仲悪き夫婦にはあらねど

今日はひとつ楽しき歌を作らんと藤棚の下のベンチにすわる

貼り紙の「カラスにエサを与えるな」如何なる人の書きたるものか

楠の巨木を見あげその上の空の青さに感嘆をする

君津なる「村のピザ屋」の庭先に白き襞大きく生姜の花あり

海岸の岩場の先に立てる人何か叫びぬ口動く見ゆ

シーボルトと茂吉をつなぐみなもとなり長崎鳴滝のたぎちは

ぼんやりと机に向かうひとときの吾と茂吉にかようものなきや

めずらしく父は興奮したりしよ土屋文明の死を知りし日

木曾川をくだりてゆきし筏のこと六十年経て知る人のなし

大きなるバッグを背中に小学生　手にドラえもん事典を持ちて

ヒトラーの画家への道を閉ざしたる美術学校の入試いかにありしか

風寒き昼なりしかど幼子の危うき歩み見守りていつ

価値観の違いであれば黙すのみそんな場面がどんどん増えて

手を組みて祈るひとときたれに祈る人の痛みの深さまでゆけ

たのみますおねがいしますと祈るとき何を見ていたんだっけ俺は

ひとひとり居ると居ないとかくまでに違うと知りて夜半のひとりぞ

豆柿

順番に仕事をこなす楽しさに人生は過ぎそれでよからむ

カミキリムシなぜ天牛《てんぎゅう》と書くならむ天馬《てんば》を見ればカマキリとあり

弛緩せし心に湧きくるものはなしかく追い詰めて何ができるのか

飲み終えし赤霧島に感謝して深夜の吾や何をしている

江戸の世の正倉院の床下に焚き火をしつつ眠れる乞食

文学の遊び心を嫌いたる若き日の「未来」なつかしきかな

わが心の堤防何を防ぐらむ今宵は抽象論に片足かけて

ウォシュレットなき民宿に二日経てごわごわとなりし肛門あわれ

豆柿の色づく見つつ帰りきぬ幾つになりてもふるさとは良し

オリーブの実

どんぐりのなるを楽しむ木なりしがすべて切られて株となりたり

いやらしい俺の目つきを押し隠し会を終えしが満月の空

男とはまこと因業な生き物にて醜いか、みにくいだろう

平凡を身の丈として生き来しを酔いの果てまだ言っているのか

受けつぎし父の資質の一つにて後ろ向きなるひとときなごむ

歯ぎしりをして居りしとき覗きたる娘そして妻忘れざらめや

さびしげな歌はつくるな朝明けの布団の中は沈黙に居よ

爪を切る　乾いた爪は飛び散って行方不明だ　すぐに忘れる

妻病めばひと日こもりて思うなりこの世の外の暮らしの如し

歌一首作らむとして座りたるベンチの前にどんぐり数多

駐禁の標識らしきが向こうむきに立っているわが憩いのところ

窓の外しだいに暗くなりゆくを眺めてひとりの食事を終えつ

死に顔は見られたくないと小高言い吾は見ざりきわが友小高

いくたびも小紋潤の特集を読みつつうるむ蜜の大地は

わが生れし昭和十九年軍事費は国家予算の九割を占めしと

軍事費に群がる男ら無軌道な時代を生きて楽しからずや

国と国争うといえどそのもとは個人に帰するお粗末な個人

食べ終えしオリーブの実の乾きつつ白くなりゆく深夜の時間

生命力まるでなき精嚢の白さなど夜半に思いて老人である

わが辞書に裏切られたる悔しさの耐えがたければ目をつむるなり

烏瓜

こんな本出すべきでないと言い合いし若き驕りのなつかしきかな

宇宙には無数のごみが漂うと聞きしはいつか　ごみの中のわれ

敵多き人とし思いありたりし敵とは吾のことにてありし

「はうらつ」な日と読みしとき浮かびたる宮柊二の顔「はうらつ」悲し

混み合える電車に立ちて何がなし怖れ心の湧くをおぼゆる

おばあちゃんがくれたと叫ぶ声聞こえ何やら見せあう小学生たち

点々と藪に灯れる烏瓜かかる歩みに陶然となる

汗冷えて天津神社に来たりけり掃き寄せてあるどんぐりあまた

鳴き交わす鴉の声ののどかなり冬晴れのもとひとり歩めば

累卵の上

いくたりの人が抱きし寂しさか朝の目覚めの言いようのなき時《とき》

さまざまにわが思うなり夜型の人と朝型の人の孤独の違い

つぶされた、とは思わねど、にがいにがい中年ののち、現在がある

悲しみは言葉を超えて伝わればさびしく楽し『思川の岸辺』

平凡の奥に分け入る視線こそ大事なんだよ　誰の声ならむ

古書展に並ぶ歌集の献呈名切り取られ、欠落したり何かが

戦争を知らぬ一生《ひとよ》の過ぎゆくか夜半に思えりヒトラーの夢

静かなる心となりて読み終えぬ橋本喜典歌集『行きて帰る』を

そうなのだなんでもありの世となりてすべての箍がはずれてしまった

内面は人にはわからぬそれだから茫洋とまた飄々としていよ

若き日の現場の歌は具体具体と押し寄せてくる御供平佶

思えらくおのれの歌に自信なき人の憂いの面輪ぞよけれ

どんな悲しい歌でもできしとき喜びありと言いき永田和宏

わが愛する人ら次々亡くなりて世の常のごと吾は老人

連れ添った五十九年の日々を言い熟れ鮨を手に笑みやさしけれ

鰊を三年漬けて食すとぞ新日本風土記の東北の冬

良きワインとするため葡萄を苦しめよボルドー・ワインの哲学として

老衰を知れる老人際限もなくみだらなり心も体も

数十年前の中村晃子、露わなる性器を嘆きしが現実はそれを超ゆ

楽しげなクイズ番組夜ごと見て累卵上の老人国家

V

二〇一八年

こわれた

わたくしの没頭のとき階段をゆっくりのぼる足音きこゆ

亡き人の思わるる夜や睡蓮がポンと咲きしと言いたりしかど

ストーブのスイングの音いつしかに消えて、と気づかずに寝ていた

枕辺のこわれたラジオほんのりと白く見ゆれば親しきものを

こわれたるラジオを振りてたたけども術なきことは吾が身と同じ

正月の四日となりて目の上を強く打ちたり禍々しき顔

目のまわりの痣を見つめて心なし黒目の放つ光あやしも

小寒の今日とし聞けば部屋内のくすみて見ゆる曇りなりけり

ストレスのかたまりのような娘なり新年に来て姪と遊べり

むかし新人類ということばありしかどいま吾が向かうは何人ならむ

冷蔵庫の製氷皿は黴菌に満ちているとぞ緑に光る

赤黒き瞼を見つめ叫ぶなり本心を言えこわれてしまえ

日本語がこわれる前に人間がこわれて私はこわれはじめた

消滅を言われるまでになりはててまこと貧しもわれの日本語

いにしえの和歌の言葉をにくむ気持ちいくらかわかる気はするけれど

ついについにこわれてしまった万年筆ウルトラボンドをつけてはみたが

沈黙し何と向き合うここからはこわれてしまうひとりの時間

抽象をきらう思いはいよいよに単純を好み肉体を好む

思い出の女に迫る一瞬のいよいよ疎くなりまさりけり

七五三の孫の衣装の飾られてはなやぐ部屋に夜半にきて立つ

少年の夢の一番は「学者」とぞ　よく出ているぞ今の時代が

学者をば吾も夢見き現実から逃れて生きる思考と知りて

老いて会う同級生との付き合いの凡こそよけれ何も知らねば

木瓜の赤

吾が庭に幾年ぶりぞかたくりの花が咲きたり一輪なれど

清水房雄宮地伸一思えらく苦悩の幅の対極にありし

身内なればきびしきことを言うものか吾が身にぞふりかかることなかれ

かの時の際限もなき飲み方をじっと見ている目のありしかな

長雨のあがりし夜の静けさはぴんと張りたる弦のごとしも

かたくりの花の一輪咲きいしを夜半に思えばほのぼのとして

ショスタコーヴィッチ聞くたび涙の湧きくるは年を経てなお瑞々しけれ

放射能汚染の連鎖は人間に及びつつまこと鈍感なり人間は

宿題に苦しみし記憶われになし戦後民主主義の思い出なら少し

木瓜の花よろこびてつつく鵯を窓に見ており木瓜の赤飛ぶ

今日ひと日何をしたかとみずからに問うことはせず　木瓜を見ている

人前に立つことといよいよ臆するを老いと思えば致し方なし

頼りなき背中は人に見られいていま歓喜院聖天堂の前

山の色

青空に送電塔の並ぶ町　春来るたびに吾が感嘆す

今年また辛夷の花の咲くを見てしみじみと湧くよろこびのあり

わがことの書かれし新聞駅に買い日向に読めば目の痛きかな

老いふたり仲良くあれな体力をむだな怒りに使わぬために

嫁一家来たりてこれから買物にゆくと楽しげ四人の家族

この春は入学の孫乙女さびパンタロンの如きズボンを履けり

車庫に咲く水仙のため車庫入れのたびに鳴るなり警報音が

ドラえもん仕事仲間でありしかば定年後十数年を経て卓上にあり

踏切に並びて手を振る子供たち米沢過ぎし水田のなか

かみのやま月岡ホテルようやくにひとりとなりて「萬月」を飲む

かみのやま緑豊かな五月なり会を終えたる翌朝の歩み

藤の花五月にあれど咲き満ちて上山城月岡公園

雪深き日々は知らねどのどかなる上山の五月吾は楽しえ

かみのやまに蔵王連峰愛されて妬みなどせず美濃の恵那山

恵那山の写真は部屋の壁にあり日に日に褪せてゆく山の色

犬

酔い深き吾はきちきち歯を鳴らし脳が壊れてゆく秋の夜

「こんなところに日本人」という番組を見つ中津高校の同級生なり

前の歯の二本抜けたる孫の歌多く読みきていま吾の孫

どこまでも狂わぬ俺と信じてる　蹴破ってゆけ　負け犬でいい

犬といえば「官憲の犬」を思い出すデモと立て看の学生時代

貝塚の近くに住みて散歩のたびいたずらされし看板を見る

思想なき世代と吾らなりはてて『戦中派の死生観』読みにくし

通るたび吠えかかる犬よ近隣より苦情は来ぬかショック死すると

電柱の脚はいつも濡れていて時には添えり黒きものらも

かたちよき楠立てり吾が前に空高くありおだやかにあり

公園に陽を浴びている あたたかさこんな時間を吾は得たりき

友どちの悲しみ深く知りしのち日々の暮らしは聞かざりしかな

苦しみを深く知りつつ苦しみの質を問わない集団は良し

マーラー五十歳の死　みな若かりしかな　若く悩みし

有り難き夜の更けにして歯を鳴らしビデオを見ると人に知らゆな

山椒魚

中津川名古屋間にトンネルはいくつあるかと何度も問われき

少年のころの思い出名古屋駅におりたちしとき煤まみれなりし

木製の窓枠にしていくたびも上げ下げをせし煙のなかに

敗戦後の中津川駅木造の小さな駅なりし何もなかりし

機関車ががしがしと来る思い出の中津川駅　六十年前

駅前に小さなデパート建ちたるを東京の伯父に言い笑われき

偉大なる田舎と言われし名古屋にてその名古屋にあこがれし田舎人

えげつなき名古屋商法と聞きたれどその実際はいまだ知るなし

名古屋歌会にいくたび在りしか若き日の岡井隆の伝説を聞き

原名古屋《ウア》を愛すと言いし岡井隆　われにはすげなき通過駅なりし

階段をのぼりつつふと浮かぶ井伏鱒二の山椒魚の窮屈

朝は金、昼は銀、夜は銅、食事の効をかく言いしが、母は

もうすこしまともなことを考えよ　故郷の父の「まとも」よあわれ

わが町の唯一の古書店「都合により休業します」と貼り紙のあり

風鈴の土産は吾の趣味にして故郷の居間に風鈴あまた

よそ者どうし

山道は小股に歩けとガイド言えり街中を行くのも小股

比較するおのれの性を人間のゆえと思えど寂しきろかも

背が丸いと何度も言ってくれし人　思い出でつつしずしずと夜

現実を直視せよ　この物言いを比喩として生きていた五十年前

新日本風土記は吾の楽しみの一つにてめぐりにも居る風土記の人々

一年の収入の半分を鮭でかせぐとぞ北の漁師の生き方

鮭の氷頭目と目のあいだにありたればさくりさくりと出刃に切られつ

鮭の皮で靴を作りしという話、猫にとられしという話、アイヌの話

ロシアより飛来する数万の真雁　お互いよそ者どうしと土地の人言えり

歯を抜きて元気なきわれ孫たちが「お先に」と言い、食事しており

折に来る孫のしぐさに驚けば子育てをせず過ぎし日々なり

孫の歌のどこが悪いと言う人のゲームばかりしている孫の歌

ケイタイをぱちんと閉じる音のして妙にリアルな一瞬だった

新聞の見出しに説ける「論点」のつまらんなあ　お互いに仕事

実家より帰りし妻の報告にいくばくか弱りし母を思うも

ホモ・サピエンス

平成となりしは一月八日にてその日に死にたり上田三四二は

上田三四二死後半年を経て河野愛子死せり平成元年

ショスタコに背中を押された人生だ　思想ってなんだと言うときが来た

佐太郎の歌を思うに若くして荷物となりし酒の人生

七十を過ぎて楽しむ酒の味知る人ぞ知る『天眼』の日々

わが病を気づかい遠く来てくれし息子を思う夜半の湯舟に

院内にひびく数多の音ありて機器の発する音のやさしさ

雨脚の強くなりたる窓を見てイートインコーナーに所在なき吾

再び を調べつつ書く楽しさを吾に給えな越えるべき日々

病院の裏方の人たちさまざまに今日は酸素システムの点検とぞ

酸素システムの点検はわが為にありし術後の部屋に沸き立つ酸素

病院の朝のベッドに聞いている消えない花火が欲しいという歌

高齢者の孤立を防ぐ支援とぞローカルニュースつつましきかな

恵那山の写真を机の上に立てそうなんだもう五十年は過ぎた

みずからに痴呆を予感し探しいる昨夜と同じ資料の束を

ぼろぼろの人生もう終わりだ　なんて嬉しそうに笑うなよ　君

朝の陽の明るきなかにひろげたるノートの白さ目を射す白さ

朝早くテレビに見ている「小さな旅」涙の出ずるごとき世界ぞ

鮑漁で一攫千金をねらうとぞ八十二歳の漁師の笑い

六十年素潜りを続け手にするは愛用の白き鑿一本

巨大あわびは岩場の陰の闇に居る　次々に採ってくる大きなあわび

テニスコート古りて近ごろ人を見ず、と書ける手の甲の上に蚊

一歩及ばぬその悔しさに消えし人　夜半に思えば、古いなあ君

ある日、本がまっぴらごめんと逃げ去った、そんな感じに見つからぬ本

思うべし誰にもわからぬ終末を迎えつつあるホモ・サピエンス

暗闇の中に聞きいる朝のニュース生きたければみずからに守れ、と

あとがき

二〇一四年から二〇一八年までの五年間の作品のうち、「現代短歌」に連載した一六〇首に総合誌（「短歌」「短歌研究」「歌壇」「短歌往来」等）に発表した作品を加え、計五四〇余首を収めた。私の十三冊目の歌集である。この間、「未来」に発表した歌は収録できなかったが、次の機会にまとめたいと思っている。

二〇一九年十二月

大島史洋

歌集　どんぐり

発行日　二〇二〇年四月十三日
著　者　大島史洋
定　価　本体三〇〇〇円＋税
発行人　真野　少
発　行　現代短歌社
〒一七一―〇〇三一
東京都豊島区目白二―八―二
電話　〇三―六九〇三―一四〇〇
発　売　三本木書院
〒六〇二―〇八六二
京都市上京区河原町通丸太町上る
出水町二八四
印　刷　創栄図書印刷

ISBN978-4-86534-322-9 C0092 ¥3000E

gift10叢書 第26篇
この本の売上の10％は
全国コミュニティ財団協会を通じ、
明日のよりよい社会のために
役立てられます